Onderdanige vrouwelijke chef

Erotische Domination-collectie

titel
Onderdanige vrouwelijke chef
Van
Erika Sanders
serie
Erotische Domination-collectie

@ Erika Sanders, 2020
Omslagfoto: @ LightField Studios, 2020
Eerste editie: oktober 2020

Contact email:
erikasanders98@gmail.com

Samenvatting

Cristina is een kokkin die net de kookschool heeft afgerond en op zoek is naar haar eerste klant.

In deze zoektocht ontmoet hij Paul, een miljonair met een heel eigenaardige smaak ...

Onderdanige vrouwelijke chef is een roman met een hoog erotisch BDSM-gehalte en wederom een nieuwe roman uit de Erotic Domination-collectie, een serie romans met een hoog romantisch en erotisch BDSM-gehalte.

Noot voor de auteur:

Erika Sanders is een internationaal bekende schrijfster die, afgezien van haar gebruikelijke proza, haar meest erotische geschriften signeert met haar meisjesnaam.

Contact email:
erikasanders98@gmail.com

ONDERDANIGE VROUWELIJKE CHEF VAN ERIKA SANDERS

EERSTE DEEL
WEDERZIJDSE TOESTEMMING

HOOFDSTUK 1

De brief was een zegen.

Hij kon de tranen nauwelijks bedwingen.

Cristina was net klaar met koken en haar nieuwe cateringbedrijf kende een moeilijke start.

Hij stond in zijn kleine appartement en nam elk woord van de handgeschreven brief door.

Beste Cristina,

Ik hoop dat deze brief je bereikt. Sorry, maar ik gebruik geen e-mail. En ik hou over het algemeen niet van telefoontjes. Ik ben uit de mode.

Ik ben een kennis van je moeder. We hebben elkaar een paar weken geleden kort ontmoet op het feest van een gemeenschappelijke vriend. Je moeder noemde je horecazaak meerdere keren terloops. Ik heb erover nagedacht en het klinkt interessant. Ik heb nog nooit een cateraar ingehuurd.

Mocht u interesse hebben in een nieuwe klant neem dan contact met mij op en wellicht komen we tot een akkoord. Ik ben een vreselijke kok. En ik hoorde dat je heel goed bent.

Beste wensen en veel succes met uw bedrijf,

Paul

Eindelijk dacht ze. Het geluk begon hem in de weg te staan.

HOOFDSTUK 2

Een week later.

Cristina reed door de welvarende buurt in haar gehavende oude auto.

Hij was duidelijk een opvallende verschijning, maar het kon hem niet schelen.

Ik was blij om in deze buurt te zijn voor een mogelijke baan.

Hij parkeerde bij de ingang van het adres dat ze hadden opgegeven.

Ik had geen idee hoe Paul eruit zag.

Hun enige echte interactie was een kort telefoontje om de vergadering te plannen.

Cristina klopte op de deur.

Een oude zwarte vrouw antwoordde.

De vrouw droeg een dienstmeisje.

De vrouw zweeg vreemd toen ze elkaar aankeken.

'Hallo,' zei Cristina ongemakkelijk. 'Ik ben hier voor Paul.'

De oude zwarte vrouw knikte.

"Kom deze weg."

Cristina kwam binnen en het meisje deed de deur dicht.

De meid leidde hen de trap af van een vrij groot huis.

Cristina keek met jaloerse ogen om zich heen.

Alles was oud, donker en rustiek.

Overal was antiek.

Aan de muren hingen klassieke schilderijen.

Ze kwamen in een gang en de meid opende een deur nadat ze eerst had geklopt.

Cristina kwam binnen, toen vertrok de meid.

Het was een kantoorruimte.

Paul zat achter zijn bureau en werkte.

Hij was een knappe man van in de veertig.

Hij had een steenachtige uitdrukking op zijn gezicht die niet kon worden gelezen.

Zijn gezicht was perfect voor poker.

Zijn gezicht was leeg.

'Ga alsjeblieft zitten,' zei hij.

Cristina was geïntimideerd door zijn aanwezigheid en gebrek aan zakelijke ervaring.

Hij had nog nooit een deal gesloten.

Ze zat voor haar bureau.

'Je bent vast nieuw in deze branche', zei ze.

"Waarom zeg je dat?"

'Ik voelde je nervositeit toen je binnenkwam. Je zou moeten proberen te ontspannen. Ontspan, ik ben hier om je te helpen met alles wat je nodig hebt.'

Ze glimlachte onhandig.

"Ik zal het in gedachten houden."

'Oké. Vertel me nu eens over je horecazaak.'

'Nou, het is nog vrij nieuw,' zei hij, nadat hij er even over had nagedacht. "Ik kan maaltijden bereiden die passen bij jouw specifieke voorkeuren. Als je catering nodig hebt voor een feest, kan ik extra mensen inhuren. Ik heb veel vrienden van kookschool."

'Dat hoeft niet. Ik heb liever dat je alleen werkt. Op die manier zijn er minder problemen.'

Cristina knikte.

'Ik denk dat je alleen woont en dat je wilt dat ik je maaltijden kook.'
"Heel slim."

'Had u een specifieke overeenkomst in gedachten?'

"Dat hangt ervan af," antwoordde Paul. 'Heb je het druk? Heb je het druk?'

Ze glimlachte verlegen naar hem.

'Integendeel. Je bent mijn eerste echte klant. Ik heb hier en daar kleine dingen gedaan. Vooral voor de vriendinnen van mijn moeder die me een plezier hebben gedaan.'

'Wil je gratis zakelijk advies? Laat nooit een zwak punt zien. Het klinkt niet goed.'

"Oh zeker. Ik zal het onthouden."

"Wat een deal betreft," antwoordde Paul. 'Kunt u mijn maaltijden bereiden? Lunch en diner.'

'Tuurlijk. Dat zal geen probleem zijn.'

'Uitstekend. Ik wil dat mijn maaltijden van maandag tot en met vrijdag om 11.30 uur bij mij thuis worden bezorgd.'

'Natuurlijk,' beaamde ze.

'Deze overeenkomst zal in ieder geval de komende maanden van kracht zijn. Ieder van ons heeft de mogelijkheid om de overeenkomst op elk moment te beëindigen. Begrijpt u dat?'

"Ja ik begrijp het."

"Uitstekend."

'Heb je iets met eten?' Vroeg Cristina. "Mijn specialiteiten zijn Frans, Italiaans en verschillende stijlen uit Azië ..."

Hij schudde zijn hoofd.

'Het maakt niet uit. Breng ze maar op tijd.'

"Goed."

'Laten we nu eens kijken naar de cijfers. Hoe klinkt $ 100 per dag voor jou? Is het eerlijk?'

Cristina's ogen werden groot.

Het werk en het geboden bedrag waren veel meer dan ik had verwacht.

Hij besefte dat ze eruit moest zien als een idioot met een hondenuitdrukking op haar gezicht, dus hervond ze haar kalmte.

"Dat klinkt redelijk," antwoordde hij kalm. "Als het oké is."

'Dan is het klaar. Kun je morgen beginnen?'

'Geen probleem. Maar weet je zeker dat je niet eerst mijn kookkunsten wilt proberen?'

'Eerlijk gezegd kan de smaak van het eten me niets schelen. Je ging naar de kookschool. Dat is goed genoeg voor mij. Ik wil me geen zorgen maken over het eten terwijl ik werk.'

Cristina knikte.

'Oké. Ik begrijp het. Mag ik vragen wat je aan het doen bent? Je huis is prachtig. Ik hou van de rustieke sfeer.'

"Ik heb in mijn leven verschillende dingen gedaan. Ik ben tegenwoordig kunsthandelaar. Ik doe ook zeldzaam antiek. Op dit moment concentreer ik me op mijn schrijven."

"Wat ben je aan het schrijven?" Zij vroeg.

'Een paar memoires. Ik doe niet alsof ik beroemd of belangrijk ben. Maar ik heb een paar verhalen te vertellen. Het zou jammer zijn als niemand ernaar luisterde.

'O, dat klinkt interessant. Misschien kan ik het ooit lezen. Ik lees graag biografieën en memoires.'

Paul slaagde erin te glimlachen.

'Ik denk niet dat je geïnteresseerd bent.'

"Waarom niet?"

'Het is een gok. Maar wie weet? Soms heb ik het mis in deze dingen.'

"Oké", knikte Cristina ongemakkelijk.

Paul stond op en liep naar Cristina.

Ze begreep het en stond ook op.

Paul was bijna dertig centimeter langer dan zij.

Zijn lichaam doemde op boven Cristina's slanke en kleine lichaam.

Hij stak zijn hand uit en ze schudden elkaar de hand.

'Officieel hebben we een deal', zei hij. 'Ik kijk uit naar de eerste maaltijden morgen om 11.30 uur. Kom niet te laat. Ik tolereer geen ongehoorzaamheid.'

Ze slikte.

"Ja."

HOOFDSTUK 3

Cristina was nog steeds onder de indruk van de ontmoeting met Paul.

Hij ging op het bed liggen en keek naar het plafond.

Het aanbod leek te mooi om waar te zijn.

Het was bijna niet te geloven.

Maar hij was bang dat het een wrede grap was geweest, dacht hij.

Hij pakte zijn mobiele telefoon en belde zijn moeder.

Zijn moeder beantwoordde zijn telefoontjes altijd met een paar tonen.

Toen ze de telefoon opnam, verspilde Cristina geen tijd om alles uit te leggen.

Geen detail werd gespaard.

Cristina vertelde haar moeder alles over het aanbod en alle gevoelens die ze had toen ze Paul ontmoette.

"Dat is geweldig," antwoordde haar moeder.

'Dat weet ik. Het is een beetje gek, hè? Maar ik geloof er niets van totdat je geld in mijn hand is. Tot dan, denk ik het ergste aan.'

'Concentreer je op positieve gedachten, Cristina. Je bedrijf komt eindelijk van de grond.'

'Ik hoop het. Ik bedoel, $ 100 per dag voor twee maaltijden? Zelfs als hij me volgende week ontslaat, zal ik blij zijn dat ik zoveel geld heb verdiend.'

'Daar zou ik me geen zorgen over maken.'

"Wat bedoelt u?" Vroeg Cristina.

"Blijkbaar heeft Paul goede financiële reserves."

'Ik realiseerde het me. Zijn huis was als een museum.'

'Daar heb je het. Je hoeft je geen zorgen te maken dat zijn financiën krap worden. Houd hem gewoon tevreden met geweldige maaltijden, geweldige service en kom niet te laat.'

'Wat weet je van deze man?' Vroeg Cristina op een serieuzere toon. 'Het lijkt een beetje vreemd, nietwaar?'

Zijn moeder dacht even na.

'Een beetje. Ik heb hem maar één keer ontmoet op een feestje. Hij is een heel slimme jongen. Geen onzin. Juist.'

'Hij is het zeker,' grapte Cristina.

'Maar onderschat hem niet. Blijkbaar is hij een schatje bij de dames.'

"Werkelijk?"

'Dat heb ik gehoord. Zorg ervoor dat je wegblijft van zijn onweerstaanbare charme,' grapte hij.

"Heel grappig," antwoordde Cristina. 'Hij is beslist niet mijn type. Te oud. En te saai.'

'Ik ben blij dat uw bedrijf het goed heeft gedaan.'

"We zullen wel zien."

'Concentreer je op positieve gedachten, Cristina.'

HOOFDSTUK 4

Weken gingen voorbij.

Cristina had al tientallen maaltijden voor Paul klaargemaakt.

En ze had in die tijd duizenden dollars verdiend.

De dagelijkse routine was altijd hetzelfde.

S morgens vroeg opstaan.

Koken.

Giet alles voorzichtig in containers.

Breng hem voor 11.30 uur naar het huis van Paul.

Kom nooit te laat.

En nooit ongehoorzaam zijn.

Op een dag werd Cristina gevraagd om de lunch die ze had meegebracht op een bord in de keuken klaar te maken.

Dus ze deed het.

Het was de eerste keer dat ik klusjes deed in Pauls keuken.

Ze was trots op haar eten.

Hij wist dat het lekker smaakte, ook al had Paul hem nooit een compliment gegeven.

Hij kwam naar beneden in vrijetijdskleding.

Zoals altijd was zijn gezicht bijna uitdrukkingsloos.

Hij keek naar het eten op de eettafel en nam niet de moeite om commentaar te geven.

"Zal ik nu gaan?" Vroeg Cristina ongemakkelijk.

'Wacht even. Ik wil je iets vragen.'

"Goed."

Paul zat aan de eettafel terwijl Cristina bleef staan.

"Welke andere diensten bied je aan?" Ik vraag. 'Behalve koken.'

Cristina was verrast en bleef standvastig.

Hij bereidde zich voor op verdere toespelingen.

Ik was voorbereid op seksuele intimidatie.

'Ik bied eerlijke cateringservice. Ik kook gastronomische maaltijden. Dat is alles. Als je op zoek bent naar andere diensten, raad ik je aan ergens anders te kijken.'

"En waarom is dat?" vroeg hij streng.

'Eerlijk gezegd, je bent mijn type niet.'

'Jij bent ook niet mijn type.'

Ze was nog meer beledigd.

'Kijk, ik denk dat onze regeling goed werkt. Laten we dat zo houden. Al het andere werkt niet.'

'Denk je dat ik om seksuele gunsten vraag?' Ik vraag.

Cristina verstijfde.

"Het is niet zoals dat?"

"Ik geloof dat niet."

Zijn gezicht werd rood.

"Oh, sorry meneer."

'Vergeet het maar,' antwoordde hij. 'Ik vraag het omdat mijn dienstmeisje op het punt staat met pensioen te gaan. Als je extra tijd hebt, kun je me misschien helpen met mijn schoonmaakklusjes.'

"Wat moet ik doen?"

'Niets moeilijks. Schone vaat. Houd alles schoon.'

'Daar moet ik over nadenken.'

"Je wordt natuurlijk goed vergoed", antwoordde hij. 'En maak je geen zorgen, ik ga je niet over seks vragen. Je bent mijn type niet.'

Ze werd weer rood.

'Het spijt me van eerder. Maar ik zal erover nadenken. Waarom niet?'

'Kijk naar het aanbod. Mijn baan verloopt goed en ik zou een beetje hulp bij het onderhoud van je huis op prijs stellen.'

'Je gaat niet veel uit, hè?'

'Ik heb al de wereld rondgereisd en alles gezien', antwoordde hij. "In dit deel van mijn leven concentreer ik me op schrijven. Soms ga ik uit. Ik hou nog steeds van sporten. Maar ik wil me geen zorgen maken over het huishouden. Je lijkt me een bekwame jonge vrouw, dus ik bied je extra werk aan.

Cristina knikte.

'Dat is erg gul van je.'

'Met het extra geld zou je een nieuwe kast en een nieuwe auto kunnen kopen.'

Ze was een beetje geïrriteerd door deze opmerking.

'Ik begrijp het. Ik heb geld nodig. Je hoeft het niet in te wrijven.'

'Ik heb het niet geprobeerd.'

'Goed. Ik zal het doen. Ik zal wat extra schoonmaak voor je doen.'

"Uitstekend," antwoordde hij met een zeldzame glimlach. 'We bespreken de grond later wel.'

Ze ging naar Paul toe en stak haar hand uit voor een handdruk.

Paul stond op als een heer en schudde hem de hand.

De deal is gesloten.

TWEEDE DEEL
DE DEUR GESLOTEN

HOOFDSTUK 5

Cristina slaagde erin om andere klanten te vinden voor enkele kleine klussen.

Maar het meeste van zijn werk werd voor Paul gedaan.

Ze maakte haar maaltijden elke dag van de week klaar.

Na verloop van tijd ging ze meer voor hem werken.

Ze deed kleine schoonmaakklusjes voor wat meer geld.

Cristina was altijd een ongeorganiseerd huishoudelijk persoon geweest, dus het was ironisch dat ze huishoudelijk werk deed voor iemand anders.

Maar het geld was goed, dus het kon hem niet schelen.

De afwas moest op een bepaalde manier worden schoongemaakt en gerangschikt.

De ramen moesten brandschoon zijn.

Meubilair moest stofvrij zijn.

Paul maakte de vloeren zelf schoon.

Paul was een heel bijzonder persoon.

En deze kwaliteiten triggerden soms Cristina.

Maar het geld was goed.

In zekere zin was Cristina er trots op Paul te helpen.

Op een vreemde manier voelde het alsof ze Paul hielp om zijn doel te bereiken, namelijk zijn boeken kunnen schrijven.

Ze zorgde voor hem als persoon.

HOOFDSTUK 6

De eettafel was netjes.

De lunch was klaar.

Cristina keek naar het bord en bewonderde haar mooie werk.

De kookschool was het waard.

Hij kon niet wachten tot Paul het probeerde, hoewel Paul nooit een compliment maakte.

Paul was ongebruikelijk laat voor de lunch.

Hij was nooit te laat.

De deur boven stond een beetje open en Cristina luisterde terwijl het toetsenbord woest werd gebruikt.

Ze wist dat hij het nog steeds druk had.

Ze ging de trap op en vroeg zich af of ze hem moest bellen.

Ze wilde haar werk niet onderbreken.

Maar ze wist dat Paul een man was die orde nodig had.

Ben je de tijd uit het oog verloren?

Toen zag ze het.

Bij de trap stond de deur op een kier.

Het was een kamer waarvan Paul had gezegd dat die taboe was.

Paul wilde dat ik alle kamers opruimde behalve deze.

Cristina's nieuwsgierigheid bereikte zijn hoogtepunt.

Boven hoorde ik Paul nog steeds schrijven.

Ze wilde de geheime kamer zien.

Ik wilde de kleine geheimen van Paul kennen, hoe klein ze ook zijn.

Ze was in hem geïnteresseerd.

Ze was geïnteresseerd in de man die ze wekenlang had gediend.

Hij deed een paar gemakkelijke stappen naar de deur.

Ze stak haar hoofd erin.

De kamer was donker.

Hij zette de lichtschakelaar aan en de kamer was helder verlicht.

Tot Cristina's verbazing was de slaapkamer de minst elegante plek in huis.

Maar alles zag eruit als antiek.

Hij kwam binnen en keek om zich heen.

Er waren verschillende houten en metalen werktuigen.

De ontwerpen bleken uit de middeleeuwen te stammen.

De apparaten leken groot genoeg om te kunnen zitten of liggen.

Aan de muur hingen verschillende zwepen en kettingen.

Er lagen veel touwen op een tafel vlakbij.

Cristina raakte met haar vinger een metalen apparaat aan.

Hij streek er met zijn vinger overheen en keek ernaar.

Het topje van zijn vinger was bedekt met een fijn laagje stof.

De kamer was al een hele tijd niet gebruikt.

'Je zou hier niet moeten zijn,' zei Paul van achteren.

Cristina was verrast door het geluid van zijn stem en huiverde.

Hij draaide zich om en zag Paul bij de deur staan.

"Oh het spijt me."

'Zei ik niet dat deze kamer niet een van je taken is?' vroeg hij en ging terloops naar binnen.

'Ik weet het. Maar het was open en ik was nieuwsgierig. Ik dacht dat je misschien wilde dat ik het opruimde.'

'Nee. Ik was van plan het later zelf schoon te maken.'

Cristina slikte.

'Je maaltijd is klaar. Het wordt koud.'

'Het kan wachten,' antwoordde hij en ging de kamer binnen om naar de apparatuur te kijken. 'Je moet je afvragen waar dit over gaat.'

'Het ziet eruit als een middeleeuwse martelkamer.'

'Je hebt bijna gelijk. Sommige van deze dingen zijn eeuwen geleden in de middeleeuwen gebouwd. Maar niet per se voor marteling.'

"Waarvoor dan?"

'Plezier. Seksueel plezier,' antwoordde hij bot.

Cristina was verrast.

'Ik kan me niet voorstellen hoe. Deze dingen zien er zo pijnlijk uit.'

"Dat is het punt."

'Dus zijn het eigenlijk bondage-apparaten?'

Hij knikte.

'Deze fetisjen bestaan al eeuwen. Kun je geloven dat deze apparaten zijn gemaakt voor koninklijke families en adel?'

'Het zou me niet verbazen. De meeste rijke mensen zijn een beetje verwend.'

Hij trok een wenkbrauw op.

"Is dit inclusief mij?"

"Oh nee, ik bedoelde niet jou," liep ze snel achteruit.

'Ik hield alleen maar voor de gek.'

Cristina ontspande zich.

'Natuurlijk. Waarom zitten al deze dingen opgesloten in deze kamer? Waarom verkoop je ze niet aan een museum of zoiets?'

'Misschien ooit. Maar nu schrijf ik erover in mijn boek. Ik was ook van plan om foto's van ze te maken. Daarom was de kamer open.'

'Je boek moet interessant zijn.'

"Ik hoop het," antwoordde hij. "Ik schreef over seks. Het soort overheersing en seksuele slavernij."

Cristina trok haar wenkbrauwen op.

'Echt? Je lijkt niet het type man voor dat soort dingen.'

'Dus wat voor jongen zie ik eruit?'

'Ik weet het niet. Squishy. Aardbei. Geen aanstoot.'

"Geen aanstoot," antwoordde hij. 'Hij was jaren geleden een heel ander mens. Ik was niet altijd zo teruggetrokken.'

"Wat is er veranderd?"

Paul wreef met zijn vingers over een metalen apparaat.

'Het is een lang verhaal. Je kunt mijn boek lezen als ik klaar ben met schrijven.'

'Nou, ik kijk er naar uit. Je hebt blijkbaar een aantal interessante verhalen te vertellen.'

'Weet je wat een meester is?' Ik vraag.

'Alleen de basis,' haalde hij zijn schouders op. 'Een man die over vrouwen heerst. Zwepen. Kettingen. Mishandeling. Zoiets, toch?'

'Min of meer. Ik was een meester voor veel onderdanige vrouwen. Mooie vrouwen met duistere verlangens.'

'Heb je haar geslagen?' vroeg ze nieuwsgierig.

"Soms."

"Hoe zit het met deze apparaten?" Zij vroeg. 'Heb je ze ooit bij je slaven gebruikt?'

'Af en toe. Maar de methoden zijn niet belangrijk. Het gaat niet om afranselingen of apparaten. Het gaat om overgave. Ze geven me hun lichamen. En ik doe wat ik wil met ze. Uiteindelijk is het plezier wederzijds.'

Cristina zweeg even.

Hij keek Paul recht in de ogen en wist dat elk woord dat hij zei waar was.

Ze wist dat Paul er ervaring mee had.

Ze wist dat Paul ernaar verlangde het nog een keer te doen.

'Je eten wordt koud', zei hij.

'Is dat het enige wat je kan schelen?'

Ze verstijfde even.

'Nou, catering is waarvoor je mij hebt ingehuurd, toch?'

'Je bent een slimme meid,' zei hij met een flauwe glimlach. 'Je begint me aardig te vinden.'

Paul liep naar haar toe en klopte Cristina zachtjes op haar schouder.

Toen draaide hij zich om en verliet de kamer terwijl Cristina in de war was door de onaangename ontmoeting.

Ze volgde hem naar de eetkamer en keek hoe hij at.

HOOFDSTUK 7

Later die avond.

Het was het telefoontje waarvan Cristina had gevreesd dat het de afgelopen maanden zou komen.

"Net zo?!" Vroeg Cristina.

'Het is eindelijk zover,' antwoordde haar moeder. 'Je vader en ik zullen je niet langer financieel ondersteunen. We denken dat je oud genoeg bent om voor jezelf te zorgen.'

'Je realiseert je dat het stadsleven duur is, nietwaar?'

'Schat, niemand dwingt je om in de stad te wonen. Je kunt altijd naar huis gaan en iets goedkoper zoeken om in te wonen.'

"Nee bedankt", zuchtte Cristina.

'Ik weet niet waarom je zo verrast bent. Ik heb je de afgelopen maanden gewaarschuwd. Toen ik zo oud was als jij, ...'

'De tijden zijn veranderd, mam. Heb je het nieuws gezien? Deze economische situatie is moeilijk. De kosten van levensonderhoud zijn waanzinnig.'

'Maar je bedrijf neemt een vlucht,' antwoordde haar moeder.

"Nauwelijks."

"Je moet wat ondernemender zijn als je succesvol wilt zijn. Er zijn zoveel potentiële klanten in de stad. Het enige wat je hoeft te doen is ze te vinden. Je bent een geweldige kok en een goed mens. Ik heb vertrouwen in Jij, Cristina. '

'Ja, je hebt gelijk. Ik dacht erover om contact op te nemen met verschillende bedrijven om te kijken of ze feestcatering nodig hadden.'

'Dat is het ondernemerschap', antwoordde haar moeder trots.

"Als het leven zo gemakkelijk was."

'Er komen goede dingen als je volhardend bent. Werk je trouwens nog steeds met Paul samen? Hoe gaat het?'

'Het gaat goed,' zei Cristina vaag.

'Nou? Is dat alles? Interessante details?'

'Niet echt. Ik kook vijf dagen per week voor hem. Hij betaalt me veel geld voor de service die ik bied. Hij is een rare jongen.'

'Kijk eens wie er praat', grapte haar moeder.

"Grappig."

'Ik maak maar een grapje. Je hebt gelijk. Paul lijkt een beetje afstandelijk. Maar hij is een slimme vent.'

"Hij is beslist een interessant persoon," antwoordde Cristina. 'En hij houdt me aan het werk. Dus ik kan niet klagen.'

'Dat zou jij ook moeten doen. Als je wilt dat je bedrijf groeit, moet je je klanten altijd tevreden houden. Dat werkte altijd voor mij.'

Cristina stopte even.

'Weet je, je hebt me net een idee gegeven.'

'Ik weet niet zeker of ik de manier waarop dat klinkt leuk vind.'

"Bedankt mam. Jij bent de beste."

'Pas op, Cristina. Ik steun je altijd. Ik hou van je.'

'Ik hou ook van jou, mam.'

Toen het gesprek eindigde, voelde Cristina een sterke vastberadenheid.

Ze was vastbesloten het goed te doen zonder de hulp van haar ouders.

HOOFDSTUK 8

De volgende dag.

Cristina wachtte aandachtig terwijl Paul lunchte.

Ze maakte de keuken schoon en deed het huishouden voor hem.

Toen Paul klaar was met eten, keerde ze terug naar de eetkamer en nam zijn bord van hem over.

Voordat Paul de kans kreeg om te vertrekken, stond ze respectvol voor de eettafel.

'Ik heb nagedacht,' zei Cristina met gevouwen handen. "Deze regeling werkte heel goed. Ik heb de meeste van je maaltijden en klusjes gedaan, zodat jij je op je werk kunt concentreren."

Paul leunde achterover en wist dat er een suggestie kwam.

'Mee eens. Dat werkte goed. Beter dan ik had verwacht.'

'Dus hoe zou jij je voelen als ik mijn taken hier zou willen uitbreiden? Voor extra geld natuurlijk.'

'Je doet al meer dan nodig is. En ik betaal je nu al een buitengewoon genereus salaris.'

'Dat waardeer ik,' zei Cristina beleefd. 'Maar je zou er meer baat bij hebben als ik meer voor je zou doen. De aanraking van een vrouw is altijd nuttig voor een alleenstaande man.'

Paul dacht even na.

'Het is een interessant punt. Ga door.'

'Ik weet zeker dat er nog veel meer dingen zijn die ik voor je zou kunnen doen.'

"Zoals?"

Cristina dacht even na.

'Nou, dat is aan jou. Misschien kan ik deze apparaten in de afgesloten kamer schoonmaken. Die kamer was stoffig. Ik zou wat extra kunnen schoonmaken. En misschien kan ik een feestje voor je geven.'

'Waarom ben je ineens zo geïnteresseerd in meer geld?' Vroeg Paul.

'Ik denk dat je kunt profiteren van de aanraking van een vrouw. Denk aan alle feestjes die je zou kunnen geven. Mensen zouden dol zijn op het eten. Je sociale leven zou geweldig zijn.'

'Vertel me de waarheid. Waarom heb je extra geld nodig?'

Cristina zweeg even.

'Mijn ouders zullen me geen geld meer geven. En de huur in deze stad is overweldigend. Als ik hier nog iets anders moet doen, zou ik dat graag doen.'

Paul knikte meelevend.

'Ik mag je als persoon, Cristina. Je werkt hard en hebt er plezier in. Maar ik zal je geen gratis geld geven, vooral niet als ik je goed betaal.'

'Ik begrijp het,' antwoordde Cristina, in een poging haar verdriet te bedwingen. 'Toch bedankt dat je naar me hebt geluisterd. Ik ben morgen terug.'

"Ik heb mijn laatste punt nog niet bereikt", voegde hij eraan toe. 'Ik zal proberen iets te bedenken. Iets dat bij je capaciteiten en kwaliteiten past. Als ik iets vind, laat ik het je weten en word je ervoor beloond. Klinkt redelijk?'

Ze lachte.

"Klinkt goed".

HOOFDSTUK 9

De dagen gingen voorbij.

Paul heeft nooit een bod gedaan.

Cristina heeft haar nooit gevraagd waarom ze niet de moeite wilde nemen.

Ze maakte zoals gewoonlijk de lunch van Paul klaar.

Paul ging eerder dan normaal naar de eetkamer.

Hij ging zitten en wachtte terwijl Cristina alles afmaakte.

'Het ziet er goed uit,' zei hij toen Cristina het bord met het eten bracht.

Het was echt een zeldzaam moment voor hem om haar te feliciteren.

'Bedankt. Het is geroosterd lamsvlees met aan één kant gebakken groenten.'

Paul ging naast haar zitten.

'Ga zitten. Er is iets dat ik met je wil bespreken.'

Cristina ging zitten en wachtte op wat hij te zeggen had.

'Ik heb nagedacht over je verzoek om meer werk,' zei hij. "Vooral over de behoefte aan een vrouwelijk tintje hier. Hoe dan ook, ik kom ter zake, ik zou wat van je inspiratie kunnen gebruiken bij mijn schrijven."

"Inspiratie? Hoe komt dat?"

'Misschien kun je voor me poseren. Ik heb de laatste tijd moeite met een writer's block en het kan me helpen iets te zien.'

Cristina keek bezorgd.

'Weet je zeker dat ik geen feest voor je zou moeten geven of zo? Dit zal waarschijnlijk beter werken.'

'Ik ben niet geïnteresseerd in het geven van een feestje,' antwoordde hij, achterover leunend in zijn stoel. 'Sorry, ik heb het net gevraagd. Het was ongepast.'

Ze dacht even na.

'Hoeveel geld zou je aanbieden?'

"Het hangt er vanaf."

"Van?"

'Van het werk dat je gaat doen,' zei hij. 'Ik heb nog nooit een model aangenomen. Maar ik weet dat het zou helpen bij het schrijven.'

"Wel, dat zal ik onthouden."

'Doe het niet. Het was een vergissing om het te vragen. Als je het niet erg vindt, wil ik nu eten. Ik heb later andere dingen te doen.'

"Ik zal dat doen!" Snauwde Cristina.

"Wat?"

'De modellenbaan die je me hebt aangeboden. Niemand zal het weten, toch? Hij zit vast tussen ons, toch?'

'Dat klopt,' knikte hij. 'Er zal geen verslag van worden gemaakt. Ik heb alleen de inspiratie nodig.'

"Ik ben geïnteresseerd."

Paul zuchtte even.

'Ik denk niet dat je het begrijpt. Ik werd overhaast op mijn aanbod ingespeeld. Ik denk niet dat ik bij jou in de smaak ben.'

"Waarom niet?"

'Omdat je er zo ongemakkelijk uitzag in het landhuis.'

Cristina was een beetje in de war.

Ze realiseerde zich plotseling dat Paul op zoek was naar inspiratie voor zijn heerschappijverhalen.

Maar hoe dan ook, hij dacht aan geld.

'Ik kan leren me er op mijn gemak bij te voelen,' antwoordde ze. 'Geef me maar wat tijd. Zolang niemand het weet, komt alles goed.'

Paul keek hem lang en sceptisch aan.

'Zoals je wilt. Kom morgen om half negen hier. Vanaf dan regelen we het wel.'

"Hartelijk bedankt."

Cristina stond op en stak haar hand uit voor een handdruk.

Paul stak zijn hand uit en schudde de hare.

HOOFDSTUK 10

Later die avond.

Cristina was in de keuken maaltijden aan het bereiden voor de volgende dag.

Ze wist dat ze er de volgende dag geen tijd voor zou hebben, aangezien Paul verwachtte dat ze er om half negen zou zijn.

Nadat alles was voorbereid, keek Cristina zichzelf in de spiegel aan.

Hij vroeg zich af of ze knap genoeg was om model te staan voor Paul.

Hij vroeg zich af welke verrassingen er in de kamer waren.

Of het nou schattig zou zijn of niet.

En hij vroeg zich af over hoeveel geld we het hadden.

Paul was altijd vrijgevig geweest met financiële betalingen.

Hij vroeg zich vooral af hoeveel dominantie Paul wilde zien.

Cristina's rationele kant beheerste de situatie: geld is goed.

En niemand zal het ooit weten.

Mijn geheimpje met Paul.

Ze kleedde zich uit en probeerde een paar mooie outfits voor de slaapkamerspiegel.

Uiteindelijk koos ze voor een simpele gele jurk.

Het was niet al te onthullend.

En hij was ook niet al te preuts.

Het was het midden.

Ze borstelde haar haar en vroeg zich af hoeveel make-up ze moest dragen.

Dus besloot ze het niet te doen.

Dat zou de situatie te ongemakkelijk maken.

Alles was klaar.

Ze was klaar voor haar werk.

HOOFDSTUK 11

De ochtend van de volgende dag.

Cristina verscheen om kwart over acht bij Paul.

Ze wilde zeker weten dat ze van tevoren waren voorbereid.

Ze droeg haar gele jurk.

Haar haar was goed verzorgd en haar gezicht was schoon.

Het was best natuurlijk.

Nadat Cristina de voedselcontainers in de koelkast in de keuken had gezet, gingen ze samen op de houten apparaten in de privékamer zitten.

"Wat denk je?" Vroeg Cristina.

'Het hangt ervan af. Wat zijn uw grenzen?'

Cristina haalde haar schouders op.

'Ik weet het niet. Ik heb nog nooit zoiets gedaan.'

'Dan kunnen we het maar beter uitzoeken.'

Cristina's ogen dwaalden weer even door de kamer.

Het was de saaiste kamer van het huis.

De muren waren glad.

Maar er waren oude apparaten in verschillende maten en vormen.

Ze zagen er allemaal zo intimiderend uit.

'Ik blijf open,' zei hij. 'Maar ik hou niet van pijn. En ik wil niet dat je me te snel duwt. Je hoeft je niet te haasten. Oké?'

Hij knikte.

'Bedankt dat je duidelijk bent. Je moet weten dat ik een heel geduldige man ben. Ik heb al vele jaren talloze onderdanige vrouwen gedaan. Ik push nooit harder als ze er niet klaar voor is.'

Die woorden zorgden voor een vreemd gevoel over Cristina's kolom.

Ik bleef maar denken aan de uitdrukking "onderdanige vrouwen".

In een oogwenk besefte ze dat ze heel goed in dezelfde positie kon verkeren als deze 'onderdanige vrouwen'.

'Oké,' beaamde ze. 'Bedankt. Dus hoe beginnen we?'

Paul stond op en ijsbeerde langzaam op en neer terwijl Cristina in een gereserveerde positie zat.

Hij bekeek elk apparaat op een manier die Cristina zenuwachtig maakte.

'Ben je eerder vastgebonden geweest?' Vroeg Paul.

Cristina schudde haar hoofd.

"Duidelijk niet."

"Zou je graag willen zijn ...?"

"Ik weet het niet."

Hij wees naar de houten tafel.

"Waarom niet proberen?"

'Ik weet het niet,' haalde ze zenuwachtig haar schouders op.

'Is dat te veel voor je? Ik moet iets zien om me te inspireren. Het zal me niet veel helpen om je daar te zien zitten.'

Cristina stond langzaam op en haalde diep adem.

'Ik zal doen wat je wilt.'

'Weet je het zeker? Cristina, ik wil niet dat je iets doet waar je je niet prettig bij voelt. Ik kan andere manieren vinden om je te betalen.'

Ze haalde nog eens diep adem.

'Nee, dat weet ik zeker. We hebben een modellenovereenkomst en ik ben van plan verder te gaan.'

"Weet je zeker dat?"

"Ja helemaal."

'Ga dan maar liggen,' zei Paul, wijzend naar de houten tafel.

De tafel zag er pijnlijk ongemakkelijk uit.

Het zag er oud en rustiek uit.

Maar het was laag genoeg dat iemand er gemakkelijk op kon gaan liggen.

Aan weerszijden van de tafel waren oude metalen staven waardoor Cristina zich ongemakkelijk voelde.

Hij legde de gevoelens opzij en leunde achterover op de tafel.

Het was pijnlijk en ongemakkelijk zoals ze had verwacht.

Ze was ervan overtuigd dat de tafel bedoeld was voor marteling, niet voor plezier.

Hij vroeg zich af hoe iemand van zoiets kon genieten.

Hij ging in het midden van de tafel liggen en keek recht naar het plafond.

'Ik bind je polsen vast,' zei hij, terwijl hij op haar hoofd stond.

Ze zweeg even toen ze naar de gestalte van Paul keek die over haar heen stond.

'Oké,' antwoordde ze, terwijl ze haar polsen optilde. "Verder."

Paul pakte voorzichtig haar polsen en leidde ze naar de metalen staaf op de tafel.

De bar was koud zoals verwacht.

De textuur op de huid was niet erg glad, wat een teken was dat de baar lang vóór moderne machines was gemaakt.

Ze voelde hoe hij haar polsen met een dik touw aan de bar vastbond.

Cristina nam niet de moeite om te kijken.

Ze hield haar ogen op het plafond gericht.

"Het doet pijn?" Ik vraag.

"Ik voel me niet lekker."

Zijn voetstappen waren door de hele kamer te horen.

Cristina keek Paul niet aan.

Maar hij vroeg zich af wat Paulus dacht.

Het moet voor Paul spannend zijn om haar in een prachtige jurk te zien met vastgebonden polsen, dacht hij.

'Vertel het me nog eens,' zei hij. "Wat is uw limiet?"

Ze slikte.

"Doe me gewoon geen pijn."

'Mag ik je jurk openen?' vroeg hij met zachte stem.

"Nee niet dat."

'Dan heb je nog andere grenzen,' antwoordde hij met een beetje geamuseerd.

"Ik veronderstel."

"Kan ik je aanraken?" Ik vraag. 'Het is prima als je weigert. Maar sinds we zo ver zijn gekomen, zie je er zeker aantrekkelijk uit.'

'Als je wilt,' antwoordde hij verlegen.

'Het gaat er niet om wat ik wil. Het gaat erom waar je je prettig bij voelt.'

Hij worstelde even met zijn gedachten.

'Ik vind het prima. Het is oké. Ga maar door als je wilt. Ik bedoel, ik vind het prima.'

'Weet je het zeker, Cristina? Ik wil je niet onder druk zetten als je je niet lekker voelt.'

"Zolang je weet ..."

'Zolang het je maar een financiële vergoeding betaalt?' vroeg hij enigszins geamuseerd.

Door zijn toon en frasering voelde Cristina zich ongemakkelijk.

"Ja," antwoordde ze.

"Daar hoef je je geen zorgen over te maken".

Cristina verwachtte nog een sarcastische grap, maar Paul sprak niet meer.

Hij liep naar haar toe toen ze nog op tafel lag.

Cristina zag hem naar haar lichaam kijken.

Ik was duidelijk zenuwachtig.

Ze wist niet wat hij van plan was.

Zijn ogen feestten en dwaalden over haar lichaam.

Het was eindelijk besloten.

En hij deed zijn stap.

Paul bukte zich en raakte Cristina's knie aan.

Het was een plotselinge aanraking die haar verraste.

Ze huiverde.

'Gaat het, Cristina?'

'Met mij gaat het goed. Dat had ik gewoon niet verwacht.'

Hij streek met zijn hand over haar dij.

Zijn hand gleed omlaag tot hij onder haar gele rok zat.

Cristina voelde zich ongemakkelijk, maar het deed haar ook tintelen tussen haar benen.

Zijn ogen bleven op het plafond gericht.

'Vind je het erg als we doorgaan?' Ik vraag. "We zijn zo ver gekomen."

'Vooruit. Het kan me niet schelen.'

"Weet je zeker dat?"

"Ik ben er zeker van."

Paul pakte Cristina's rok en duwde hem omhoog.

Haar slipje was zichtbaar.

Paul liet zijn hand onder Cristina's slipje glijden.

Natuurlijk kromp ze weer ineen, maar ze hield zich in.

Pauls hand wreef over zijn kruis.

Cristina's lichaam en voeten spanden zich.

'Je moet je ontspannen', zei Paul. 'Anders zal het niet veel doen.'

"Goed."

Cristina deed haar best om haar lichaam te ontspannen.

Zijn ogen bleven op het plafond gericht.

Ze schaamde zich te gegeneerd om naar Paul te kijken.

Ze liet hem gewoon haar kruis aaien.

Ze hapte naar adem terwijl Paul met haar clit speelde.

Het was een stap die hij niet had verwacht.

Haar natuurlijke instinct was om Pauls hand vast te pakken en weg te duwen, zichzelf te bedekken en Paul in zijn gezicht te slaan, maar de touwen om zijn polsen waren strak.

Ze trok zachtjes, maar het mocht niet baten.

'Probeer je eruit te komen?' Vroeg Paul. 'Als je weg wilt, vertel het me dan, dan maak ik je meteen los.'

'Het spijt me. Het was een schokkerige reactie.'

'Nou, reageer niet zo. Dat is niet de reactie die ik wil.'

"Het is oké, sorry."

Pauls vingers bewogen zich in een boze cirkelvormige beweging over haar gezwollen klit.

Cristina had geen andere keus dan naar adem te happen.

Ze was te geschokt om haar gevoelens te bedwingen.

De vingers stopten niet.

Het was een groot genoegen.

Ze sloot haar ogen en genoot van Pauls plezier.

Het was een tintelend gevoel dat door haar lichaam stroomde.

'Ik kan je vertellen dat je dichtbij bent,' zei hij. 'Ontspan. Het is bijna voorbij.'

Met haar ogen nog steeds dicht, stond Cristina zichzelf toe om te genieten van Paul's vingers terwijl ze zich tegoed deden aan haar delicate kleine clitoris.

Even gingen voorbij voordat Cristina's vingers verstijfden.

Korte hijgende geluiden ontsnapten aan zijn lippen.

Zijn ogen waren stijf dicht.

Zijn spieren trokken zich samen.

Het was een welverdiende orgasme door alle druk in haar leven.

Eindelijk ontspande haar lichaam en nam Paul zijn hand van haar slipje.

Hij zette haar jurk weer op zijn plaats.

Hij klopte Cristina op haar dij alsof hij iets goed had gedaan.

'Je hebt er zeker van genoten,' zei Paul terwijl hij haar polsen los begon te maken.

Cristina voelde zich bevrijd.

Ze ging rechtop zitten en wreef over haar polsen, die een beetje rood en pijnlijk waren van het touw.

Het gevoel van een orgasme hielp de pijn tegen te gaan.

"Ik vond het leuk," antwoordde ze. 'Het was leuk. Echt heel fijn. God, ik heb me al een hele tijd niet meer zo gevoeld. Ik bedoel, niet zo goed als jij.'

'Ik ben blij dat je ervan genoten hebt. Het heeft veel herinneringen opgeleverd die me zullen helpen bij het schrijven. Je was een geweldige kleine inspiratie voor me.'

"Ik sta altijd graag voor u klaar."

"Uitstekend," knikte hij. 'Ik zal ervoor zorgen dat je cheque aan het einde van de maand een bonus krijgt. Ik denk dat je er vijfduizend dollar extra voor hebt verdiend.'

Verrassend genoeg schaamde Cristina zich.

Ze wist dat Paul het goed bedoelde.

Hij schatte de extra vijfduizend, wat veel meer was dan hij had verwacht.

Maar ze voelde zich schuldig, alsof ze zojuist haar lichaam en seksualiteit voor gemakkelijk geld had verkocht.

Het gaf haar een onrein en vies gevoel.

'Ik ben geen hoer,' flapte ze eruit, en had er meteen spijt van.

'Ik heb nooit gezegd dat jij het was.'

"Sorry," antwoordde ze. "Ik waardeer alles echt. Maar ik heb mijn lichaam nog nooit zo gebruikt om geld te verdienen."

Paul schudde teleurgesteld zijn hoofd.

'Het spijt me niet. Het is mijn schuld. Ik ben met je gehaast. Ik had je niet moeten vragen om voor mij model te staan.'

Cristina stond op en repareerde haar jurk.

'Ik heb ervan genoten', zei hij. 'Echt waar. Maar het was een beetje raar voor mij. Misschien kunnen we het de volgende keer een andere keer doen? Gewoon een beetje langzamer.'

'Ik denk het niet. Dit is duidelijk niets voor jou.'

Cristina wierp een verlegen blik terwijl het gevoel van orgasme nog door haar lichaam stroomde.

'Ik ga nu je lunch klaarmaken,' zei hij.

'Ik kan het zelf. Je kunt gaan.'

Ze knikte gehoorzaam.

'Ik ben blij dat we het hebben gedaan.'

'Ik ook,' antwoordde hij. 'Maar dat mogen we nooit meer doen. Ik zie je maandag.'

Cristina knikte en wist dat Paul al een vast besluit had genomen.

Nu was er een subtiele onhandigheid tussen hen.

Na nog een paar woorden te hebben gewisseld, vroeg ze zich af wat Paul van haar vond.

DERDE DEEL
HET NIEUWE WERK

45

HOOFDSTUK 12

Later die avond.

Cristina zat achter haar computer op zoek naar manieren om nieuwe klanten aan te trekken.

Hij stuurde zeker een dozijn e-mails naar verschillende bedrijven om zijn cateringbedrijf te promoten.

Ik verwachtte niet veel van een antwoord, maar het was het proberen waard en ik had niets te verliezen.

De telefoon ging over.

Het was haar moeder die belde om opnieuw te kijken.

Ze praatten zoals gewoonlijk en er viel niet veel te zeggen.

"Het is moeilijk om mijn eigen bedrijf te runnen", klaagde Cristina.

'Had je verwacht dat het gemakkelijk zou zijn?'

'Ik weet niet wat ik verwachtte. Ik vind het niet erg om hard te werken. Ik hou van koken voor andere mensen. Maar God, ik heb meer klanten nodig.'

'In mijn ervaring zijn zaken wat je weet,' antwoordde haar moeder. "Veel bedrijven komen voort uit persoonlijke relaties, dus ga erop uit en probeer nieuwe mensen te ontmoeten in plaats van online te zoeken."

"Klinkt logisch, denk ik."

"Ik denk? Wanneer heb ik het mis?"

"Ik weet het niet."

'Klinkt niet zo depressief, Cristina,' zei haar moeder. "Veel mensen worstelen met nieuwe zaken. Blijf het gewoon proberen."

"Dankjewel mam."

'Hoe gaat het met Paul? Betaalt hij je nog steeds goed?'

'Het is ingewikkeld,' zuchtte Cristina. "Maar ja, hij betaalt nog steeds goed."

'Hij lijkt me een gecompliceerde man.'

'Je weet er niet de helft van.'

Er viel een pauze aan de telefoon.

'Heeft hij iets met jou geprobeerd?' vroeg haar moeder voorzichtig.

Cristina loog snel.

'Echt niet. Natuurlijk niet.'

'Je kunt me de waarheid vertellen. Ik ben er voor je.'

'Mam, hij is mijn type niet. Als ik ooit zou bewogen, zou ik hem op zijn hoofd slaan met alles wat hij die dag kookte.'

'Dat klinkt als de geest van Cristina die ik ken,' grinnikte haar moeder.

'Hypothetisch, wat als ik het zou doen? Ik bedoel, hoe zou je je erover voelen?'

'Toen Paul een stap deed?'

"Ja," antwoordde Cristina. "Hoe zou jij je voelen?"

Er viel weer een pauze op de lijn.

'Ik denk dat het aan jou is. Als hij het je vraagt, is dat jouw beslissing.'

"Werkelijk?"

'Dat is jouw beslissing, Cristina. Maar als hij je kont in de keuken zou proberen aan te raken, zou ik je aanraden wat van je beroemde hete saus op zijn hoofd te gieten.'

'Natuurlijk,' antwoordde Cristina sarcastisch.

'Je lijkt iets aan je hoofd te hebben.'

'Niet meer. Bedankt mam, jij bent de beste. Ik moet je verlaten.'

"Doei, ik hou van jou."

'Ik hou ook van jou, mam.'

Het gesprek eindigde en Cristina leunde achterover in haar stoel.

Ze dacht aan Paul en het orgasme dat hij die dag had.

Hij herinnerde zich de gevoelens nog levendig.

Elke aanraking, elke emotie.

Het gevoel van hardhout tegen je lichaam.

Het gevoel van Pauls hand op haar kutje.

En vooral het orgasme.

Overheersing was nooit zijn ding, maar het voelde goed.

Hij zocht online en zocht naar verschillende termen.

Tijdens haar onderzoek voelde ze zich weer student.

Hij zocht verschillende keren naar slavernij en de geneugten ervan.

Ze keek naar verschillende plaatjes.

Dat wond haar weer op en hij streek met zijn hand over haar slipje.

HOOFDSTUK 13

Op maandag morgen.

Cristina probeerde er goed uit te zien toen ze naar het huis van Paul ging.

Ze droeg een blauwe jurk en haar haar was goed gekamd.

Paul lette niet veel op haar uiterlijk toen hij de deur opendeed om haar binnen te laten.

"Kunnen we praten?" Vroeg Cristina. 'Over zaken, bedoel ik.'

"Van nature."

"Geweldig. Wacht."

Cristina zette het eten in de keuken en ging naar de ruime woonkamer waar Paul had gezeten.

Ze zat tegenover hem.

"Ik heb dit weekend veel nagedacht", zei hij. "Over onze relatie."

'Ik ook,' zei hij, zonder haar gedachten te laten stoppen. "Ik denk dat we hier een einde aan moeten maken. Ik begrijp dat onze zakelijke relatie in gevaar is gebracht. Ik ben al op zoek naar een vervanger voor mijn huishoudelijke behoeften."

Cristina verstijfde even toen het nieuws haar langzaam overspoelde.

'Wat? Nee. Ik bedoelde het niet.'

'Ik denk dat het het beste is,' antwoordde hij. 'Je bent een briljante jonge vrouw. Je zult je plek in deze wereld vinden.'

De verbijsterde uitdrukking bleef op zijn gezicht. ""

Ik had dat niet verwacht. Ik dacht dat ons gesprek heel anders zou zijn. "

"Wat had je verwacht?"

'Ik kwam hier om je te vertellen dat ik geïnteresseerd was om verder te gaan, je weet wat we afgelopen vrijdag hebben gedaan.'

Hij trok een wenkbrauw op.

'Echt? En waarom wil je dat?'

'Moet ik het echt zeggen?'

"Ja."

Ze haalde diep adem.

"Natuurlijk werk ik hier met veel plezier. Ik geniet van de voordelen. Ik vind dat je een geweldige baas bent, het beste wat ik kon hebben. En ik heb echt genoten van wat we vorige week in de kamer hebben gedaan. Ik denk dat ik dat gedaan had eerst bang, maar ik heb veel nagedacht. en ik zou het niet erg vinden als we door zouden gaan. "

"Interessant."

"Dus denk je?" Zij vroeg.

'Je bent niet zo verlegen als ik dacht. Ik had nooit verwacht dat je me deze dingen rechtstreeks zou komen vertellen. Ik ben onder de indruk.'

Ze glimlachte: "Dank je."

"Wat moet er nu gebeuren?"

'Ik weet het niet,' haalde hij onhandig zijn schouders op. 'Het is aan jou. Maar ik wil dat onze zakelijke relatie wordt voortgezet.'

'Wees moedig, Cristina. Vertel me wat er daarna gebeurt. Op dit moment. Ik wil weten wat je van plan bent. Verras me.'

Ze verzamelde haar moed en keek Paul vastberaden aan.

Zijn lippen verstrengelden zich en zijn neus trok een beetje.

Haar ogen waren gericht op Paul, die stoïcijns was en wachtte tot ze iets moedigs zou doen.

Cristina stond op en veegde haar jurk met haar handen.

Zijn vingers krulden zich om de bandjes van haar jurk.

Ze duwde de banden opzij en bewoog haar lichaam zodat de jurk op de grond kon vallen.

Ze stond voor Paul in haar witte beha en slipje en had haar prachtige jurk om haar enkels gewikkeld.

"Wat doe jij?" vroeg hij zonder emotie.

"Ik toon mijn toewijding aan het werk."

'Misschien heb je me verkeerd begrepen. Ik denk niet dat dit de juiste weg voor jou is.'

'Je zegt niet dat ik moet stoppen,' antwoordde ze. 'En ik hoor je ook niet klagen.'

Pauls ogen gingen over haar schaars geklede lichaam.

Ze was gemiddeld gebouwd, een beetje mager.

Kleine borsten en smalle heupen.

Het was duidelijk dat hij zelden trainde omdat zijn spierspanning zwak was.

'Je bent behoorlijk aantrekkelijk,' zei hij.

Ze trok haar jurk uit en deed een paar passen tot ze vlak voor Paul stond.

'Hier is de afspraak,' zei hij moedig. "De nieuwe deal. Ik zal je exclusieve leverancier zijn. Ik zal ook je rolmodel zijn als je denkt dat het nodig is. Je kunt me laten klaarkomen als je wilt. Als ik me echt goed voel, zal ik een plezier doen." antwoord gratis. "

Hij trok een wenkbrauw op.

'Gaat u de gunst teruggeven?'

'Ik laat je komen. Gratis. Ik ben geen prostituee. Maak gebruik van een dankbare ontvanger.'

"Klinkt als een ongebruikelijke zakelijke relatie."

'We zijn toch al over de grens gegaan,' zei hij.

'Ik moet erover nadenken.'

Cristina pakte Pauls pols vast en legde haar hand op haar slipje.

Hij raakte de buitenkant van haar slipje aan en wreef tussen haar benen.

'Denk snel na,' zei ze. "Anders zal ik het aanbod intrekken."

Hij glimlachte half.

'De dappere nieuwe Cristina. Ik mag haar.'

"Ik ook."

Paul drukte zijn vingers steviger tegen Cristina's slipje.

Ze kreunde bij de warme aanraking.

Ze kreunde nog meer toen Paul zijn hand in haar slipje stak en haar blote kutje aanraakte.

Ze was opgewonden en er was geen twijfel over mogelijk.

'Je bent nat,' merkte hij op en keek haar aan.

"Ik weet."

'Doe je beha uit. Laat me je zien.'

Cristina stak haar hand uit om haar beha los te maken en gooide hem op de bank.

Haar kleine parmantige borsten kwamen vrij.

Haar tepels waren roze en klein.

Ze werden snel gehard door de koude lucht en de schijnbare seksuele opwinding.

Ze weerstond de neiging om haar borsten met haar handen te bedekken, omdat ze zich altijd onzeker had gevoeld op zijn borst.

Maar ze probeerde dapper te zijn en duwde haar borst naar voren.

"Je vind ze leuk?" Zij vroeg.

"Ik hou van de borsten van elke vrouw. Elk is uniek en speciaal op zijn eigen manier. De jouwe is geen uitzondering. Ze zijn mooi."

"Dank u mijn heer."

"Dhr?" vroeg hij retorisch. 'Ik denk dat je weet wat ik leuk vind.'

"En wat vind jij leuk?" vroeg ze verlegen.

"Eigendom."

"Oh ..."

Paul trok het slipje van Cristina met beide handen op de grond en liet het meisje van top tot teen volledig naakt achter.

Hij stond op en pakte Cristina bij de hand.

'Volg mij,' zei hij. 'Er is iets dat ik je wil laten zien.'

Hij leidde Cristina door de gang terwijl hij op een romantische manier haar hand vasthield.

Cristina was zenuwachtig, maar hield haar bij.

Ze wist dat ze op weg waren naar de slavernijkamer.

Het idee maakte haar opgewonden en nerveus.

De deur stond op een kier en Paul deed hem open.

Hij deed het licht aan en ze gingen naar binnen.

De lucht was koud, waardoor Cristina's tepels nog harder werden.

Haar blik dwaalde om haar heen en ze vroeg zich af wat Paul had gepland.

'Je hebt nieuwe verantwoordelijkheden', zei Paul. 'Ik verwacht volledige gehoorzaamheid. Ik wacht altijd naakt op je. Begrepen?'

"Ja ik begrijp het."

'Buig over de tafel', zei hij. 'Op je buik. Ik zal je vastbinden. Ik wil dat je terugkomt.'

"Ja."

Cristina keek intimiderend naar de tafel.

Het was een andere tafel dan de vorige.

Maar het leek ook ongemakkelijk en pijnlijk.

Het hout zag er oud uit, net als het metalen frame.

Klagen had geen zin.

Ze deed wat hem gezegd werd en legde haar blote borsten en buik op de houten tafel.

Het was ongemakkelijker dan ik had verwacht.

Het hout was koud en jeukte aan haar gevoelige tepels.

Zijn ogen keken naar de grond.

Ze hoorde Paul door de kamer lopen voordat ze haar naderde.

'Ik zal je vastbinden', zei hij. "Ontspan je armen en benen. Dit is een gemakkelijk proces als je kalm bent."

"Goed."

"Weet je zeker dat je dit wilt?"

"Ja," antwoordde ze.

"Waarom?"

'Omdat ik nog een keer wil komen.'

Cristina kreeg geen antwoord.

In plaats daarvan voelde ze dat Paul haar enkels aan het koude metalen frame van de tafel bond.

Het was ongemakkelijk en een beetje eng.

Elke knoop was erg strak.

Het touw was dik, wat zijn huid verwondde.

Dezelfde procedure werd op haar polsen uitgevoerd.

Elke pop werd op dezelfde manier aan het metalen frame vastgemaakt.

Toen hij klaar was, waren zijn enkels en polsen stevig vastgemaakt aan de tafel.

Ze had een blote buik en haar borsten waren stevig tegen het houten oppervlak gedrukt.

Het was nogal een vreselijk gevoel om te weten dat ze Paul absolute macht over haar lichaam had gegeven.

Ze was helder en volkomen weerloos.

Iets raakte zijn blote kont.

Het voelde hard, maar tegelijkertijd zacht.

Ik wist niet zeker wat het was.

Toen voelde ze hoe Pauls vingers haar kont raakten.

'Vind je het erg als ik je zo aanraak?' vroeg hij, het antwoord wetend.

"Niet."

"Goed. Ik vind je huid mooi. Je bent heel schattig ..."

Pauls hand streek langs haar kont en voelde elke ronding.

Hij masseerde elk van haar billen met zijn sterke handen.

Toen voelde ze weer iets hards haar billen aanraken.

Het had een glad, gebogen oppervlak.

"Wat is dit?" Zij vroeg.

"Het is een vibrator. Heb je er ooit een gebruikt?"

"Niet."

"Wil je het voelen?"

"Ik sta ervoor open."

"Brave meid."

Er klonk plotseling een zoemend geluid in de kamer en Cristina deed huiveren.

Zijn ogen bleven op de grond gericht terwijl hij naar het gezoem luisterde.

Haar lichaam trilde heftig toen het gezoem het puntje van haar clitoris raakte.

Het was pijnlijk, op een slechte manier en op een goede manier.

Ze probeerde ze te bevechten en de touwen te bevechten, wat nutteloos was.

Het neuriën hield op.

"Zullen we hier een einde aan maken?" Ik vraag.

'Nee, alsjeblieft niet. Ik stop met bewegen.'

'Beheers jezelf, Cristina.'

Het geroezemoes kwam terug toen de vibrator opnieuw werd geactiveerd.

Hij raakte haar klitje aan en Cristina deed haar best om stil te blijven.

Hij vocht tegen de drang om te vechten toen hij het gevoel van vibratie op zijn meest gevoelige gebied accepteerde.

Het deed zijn vingers hevig krullen.

Hij klemde zijn tanden op elkaar toen zijn kaak zich sloot.

Zijn vuisten balden zich stevig vast.

Het laatste wat ze verwachtte was dat haar clit werd gemarteld met een vibrator.

Het neuriede en neuriede.

De punt van de vibrator werd tegen haar clitoris gedrukt totdat ze dacht dat hij zou ontploffen.

Net voordat ze van pijn wilde gillen, bewoog Paul de vibrator en stopte hem in haar kutje.

Het was een onwerkelijk gevoel.

Het was lang geleden dat ze haar meer dan alleen vingers hadden gepenetreerd.

De vibratie in haar poesje was een mengeling van pijn en plezier.

Paul duwde en trok vakkundig het seksspeeltje.

Cristina deed haar best om niet te schreeuwen.

"Heb je er plezier mee?" vroeg hij gekscherend.

Cristina hapte naar lucht.

"Ik ... ik ... uh ..."

"Ja of nee?"

"Ja! God, ja."

Paul duwde het apparaat verder in Cristina's kut en liet haar nog meer naar adem snakken.

Hij was bijna buiten adem toen hij volledig in zijn lichaam kwam.

Zijn armen en benen rukten aan de touwen, maar het mocht niet baten.

Ze zat vast in haar natte vagina met de krachtige vibrator.

"Ben je dichtbij?" Ik vraag.

Ze worstelde naar woorden.

"Ja bijna..."

"Ren voor me schat."

De vibrator werd genadeloos ingedrukt en in Cristina's kut getrokken.

Ze probeerde haar lichaam te ontspannen, waardoor ze gemakkelijker een orgasme kreeg.

Ze deed haar best om haar vaginale spieren te ontspannen, zodat Paul zijn weg kon vinden.

Haar orgasme was aanstaande vanwege de vibrator.

En het was een orgasme zoals ik nog nooit eerder had gevoeld.

Vastgebonden en geslagen worden met een vibrerend object dat in haar kutje prikt, was een krachtige combinatie.

Cristina's tenen spanden meer en haar vuisten werden steviger gebald.

Elke spier in zijn lichaam trok zich samen.

Zijn naar adem happen en kreunen werden harder.

"Oh mijn god ... Oh mijn god ... Oh mijn god ..."

Plots werd het apparaat op een hogere snelheid geschakeld en werden de trillingen veel sterker.

Cristina schreeuwde om de sterke vibratie terwijl ze werd geduwd en in haar kutje werd getrokken.

Ze huilde.

Toen snikte ze ongecontroleerd terwijl ze klaarkwam.

Een golf van vloeistoffen gutste uit haar kutje, waardoor er een zooitje op de tafel ontstond en een plas op de harde vloer achterbleef.

Meer schokken kwamen van de krachtvibrator totdat de vloeistoffen stopten.

Paul verwijderde de vibrator uit Cristina's poesje, wat een luide brom veroorzaakte.

Toen zette hij het uit.

Toen de vaginale aanval eindelijk eindigde, was Cristina's kutje een druipende puinhoop.

Het vocht was als een kleine orgasmestroom.

Haar kutje glinsterde van vaginale vloeistoffen.

De tafel was nat.

En de vloeistoffen vielen als een druipende kraan op de grond.

Cristina was nauwelijks bij bewustzijn toen ze langzaam bijkwam.

Het was verreweg het beste orgasme dat ze ooit had gehad.

Ze hoorde de voetstappen van Paul haar hoofd naderen.

Paul boog zich voorover en kuste haar haar.

Ze vroeg zich af waarom Paul haar nog niet had losgemaakt.

'We zijn ... we zijn ... klaar ...' begon hij te spreken.

'Nog niet. Herinner je je je belofte nog?'

"Welke?" kreunde ze.

"Je zei dat als ik je zou laten klaarkomen, je de gunst zou beantwoorden. Hoe voelde je orgasme aan?"

"A ... verdomd ... ongelooflijk," barstte het uit.

Paul glimlachte naar haar.

'Braaf meid. Zou je de gunst willen teruggeven?'

'Ja meneer. Wilt u me losmaken?'

"Ik vind je leuk in deze positie."

Cristina hoorde Pauls broek opengaan.

Ze wist precies wat Paul wilde.

Hij stond nog steeds naast haar gezicht, wat betekende dat hij niet geïnteresseerd was om haar te neuken, althans niet die dag.

Hij keek op toen Paul zijn gezicht naderde.

Ze zag zijn harde pik recht naar haar lippen wijzen.

Het was duidelijk wat hij wilde.

Met een wellustig hart opende Cristina haar mond terwijl Paul nog een stap naar voren deed en tussen haar lippen kwam.

Er was geen emotioneel proces en er was geen tijd om aan te passen.

Paul duwde gewoon zijn heupen naar voren zodat Cristina kon zuigen zoals een goede sub zou moeten.

"Mijn God. Je hebt engelachtige lippen," zei hij, onder de indruk van de manier waarop hij zich op zijn pik voelde.

Orale seks was nooit het ding van Cristina.

Ze was er nooit erg goed in, en het was nooit haar voorkeur om dat te doen.

Maar met Paul streefde ze ernaar hem een plezier te doen.

Vooral met het sterke orgasmegevoel dat nog steeds door haar lichaam stroomt.

Zijn gebrek aan vaardigheden was geen probleem, aangezien zijn lichaam nog steeds aan de tafel was vastgebonden.

Paul deed al het werk en duwde zijn heupen zachtjes heen en weer.

Het enige wat hij nodig had was een warme mond om te neuken.

Het enige wat Cristina hoefde te doen was haar lippen stevig om Pauls harde lid te houden en te zuigen.

"Verdomme, ik kom," gromde Paul. "En je zult het doorslikken."

Zijn gevoel van bevel was opwindend voor Cristina om een reden die ze niet begreep.

Ze voelde hoe Pauls handen over haar haar wreven terwijl hij zoog.

Ze voelde hoe zijn lid zich nog meer in haar mond kneep.

Ze deed haar best om haar tong op zijn lid te gebruiken, waarvan haar altijd was verteld dat het goed voelde.

Zijn pik zonk in haar mond, waardoor ze kokhalzend werd.

De kokhalsreflex was verschrikkelijk.

Maar Paul stelde zich voor hoeveel Cristina kon vasthouden, dus hij duwde nooit te hard.

Het was het kenmerk van een professional, dacht ze bij zichzelf.

Ze zag hoe Paul zichzelf streelde tot een orgasme terwijl het puntje van zijn erectie nog in haar mond zat.

Ze hield haar lippen stevig om hem heen gesloten.

Paul gromde terwijl hij haar boos aaide.

Enkele seconden later zat haar tong onder het sperma van Paul.

Straal na straal.

Het had een andere smaak.

Ze slikte hard om te voorkomen dat haar mond overstroomde.

Enkele seconden later stopte de stroom van sperma en Cristina slikte alles door.

"OMG," zei Paul, terwijl hij zijn pik uit zijn mond trok. 'Dat was geweldig. Waar heb je zo leren zuigen?'

Hij bukte zich even voordat hij opstond om zijn broek te sluiten.

Toen bukte hij zich om Cristina los te maken.

Toen ze werd vrijgelaten, streelde ze haar eigen polsen en enkels, die waren gemarkeerd met donkerrode markeringen.

Ze besefte al snel dat ze nog steeds helemaal naakt was en dat het haar niets meer kon schelen.

Ze vond het leuk om naakt voor Paul te zijn.

"Ik heb echt genoten van de hele ervaring", zei hij zelfverzekerd.

Paul raakte de achterkant van haar nek aan en kuste haar voorhoofd, en toen nog meer op haar wangen.

Ten slotte drukte hij verschillende kusjes op haar haar.

"Ik ook. Onze club zal heel goed werken. Denk aan alle kansen die we samen kunnen delen."

"Ik weet."

'Je bent als een vlinder die voor mijn ogen groeit,' zei hij.

'Het is allemaal jouw schuld,' glimlachte hij. 'Nou, als je me wilt excuseren, ik heb iets heel speciaals gemaakt voor de lunch. Je zult het geweldig vinden. Ik weet zeker dat je trek hebt, dus ik zal het nu beter doen.'

Cristina stond op en liep naakt naar de deur.

Er was vertrouwen in zijn wandeling.

Ze hield ervan naakt te zijn.

Het was leuk.

Vloeistoffen droop langs haar benen.

De smaak van sperma zat nog in haar mond.

Toen ze bij de deur kwam, stopte ze en wendde zich tot Paul, trots op zijn naakte lichaam.

Ze zei dat hij zich geen zorgen moest maken over de rotzooi in de kamer, ze zou het later opruimen.

Het maakte deel uit van zijn nieuwe taken.

HET EINDE

www.ingramcontent.com/pod-product-compliance
Lightning Source LLC
Chambersburg PA
CBHW031637170726
47990CB00017B/1316